AF483008

LE BOVQVET DV LYS,

ET DE LA ROSE,

Au nom de l'Alliance de France, & d'Angleterre.

DEDIE A MONSEIGNEVR

le Prince de la Grand Bretaigne,

A PARIS,

M. DC. XXIV.

A MONSEIGNEVR LE
Duc de Boquingham.

SONNET.

AYant à passer vne mer,
Où ie pourrois courre fortune,
Au gré d'Æole, & de Neptune,
Qui font les vagues escumer.

Faites ô bon DVC allumer
Voftre Phare parmy la brune,
Si d'aduenture elle importune
L'Occean, pour le decalmer.

Soyez mon Aftre, & mon Zephire:
Guidez le cours de ma nauire,
Pleine de Rofes, & de Lys.

Empefchez qu'elle ne fe brife;
Et puis qu'ainfi ie vous eslis,
Fauorifez mon entreprife.

A MONSEIGNEVR LE
Prince de la grand Bretaigne.

MONSEIGNEVR,
l'ay donné ces vers de bon
augure par escrit à MADAME DE
FRANCE, & ie vous les redonne im-
primez, en estat de se communiquer
au iour. Il plaira à VOSTRE ALTESSE,
les vouloir regarder aussi fauorable-
ment qu'elle aura sçeu faire; & les re-
ceuoir pour arres de quelque eslance-
ment plus fort & plus releué. Cette
admirable PRINCESSE, qui fut,
MONSEIGNEVR, la compagne &
l'espouse de l'vn de nos Roys; & qui
donna l'estre à la Maiesté du ROY Pe-
re de V. A. fauorisa grandement les
Muses Françoises, & mesme depuis
son depart regretté. Ie croy bien,

MONSEIGNEVR, que V. A, ne ra-
uallera point de cette generosité plus
que Royale, & qu'elle daignera faire
l'honneur à ce tres humble seruice
que ie luy rends de l'auoir agreable,en
faueur de ces neufs belles Deesses,par
l'entremise desquelles i'ose me dire,

MONSEIGNEVR,

A Paris au quartier
de S. Victor 1624.

D. V. R. A.
Le tres-humble & tres-
obeyssant seruiteur,
GARNIER.

A MADAME.

MADAME,
VOSTRE ALTESSE ayant dai-
gné faire paroiſtre que mes labeurs
luy eſtoiét agreables, i'oſe luy teſmoi-
gner le reſſentiment de tant d'honneur, par le mariage de ces deux belles
Fleurs; que ie luy donne en ce premier
iour du plus beau de tous les mois,
comme à la Fleur de toutes les belles
Princeſſes : attendant, MADAME, que
i'en face aller plus haut le merite & la
gloire, ſur les entieres loüanges que,
Dieu aydant, i'eſpere leur donner au
cours du meſme ſubiect, moyennant
que V. A. ait affection que ie l'entre-
prenne, & qu'elle en vueille authori-

ser par ses commandemens, vn dont
la plume n'a iamais trempé dans l'oy-
siueté pour le seruice des Fleurs de
Lys. Ie suis

MADAME,

D. V. R. A.
Le tres-humble, & tres-
obeyssant seruiteur.
GARNIER.

LE
BOVQVET
DV LYS ET DE LA ROSE,

AV NOM DE MONSEIGNEVR
le Prince de la grand Bretagne,

Et de Madame de France.

Voicy le Printemps qui r'ameine
La gaye verdure & les fleurs :
Voicy qu'il esmaille la plaine
De mille diuerses couleurs.
Puis donc que le temps y dispose,
Marions le Lys á la Rose.

Marions les, tout se marie,
Les Zephyrs & les ruisselets
En donnent foy dans la prairie,
Et les oysillons nouuelets.
Puis donc &c.

Ne void on pas l'air & la terre
Se marier, & les flambeaux
D'Amour & d'Hymen faire guerre
Amiablement ſur les eaux?
Puis donc &c.

Bien que Jupiter ait le foudre,
Et que ſon tonnerre luiſant
Conuertiſſe les monts en poudre,
Si n'en demeure t'il exempt.
Puis donc, &c.

Le Lys eſt l'Infante HENRYETTE,
La Fille & la Sœur de nos Roys:
La belle Roſe vermeillette,
L'HERITIER des Sceptres Anglois,
Puis donc, &c.

Deux Princes dignes de memoire,
Les ont mis au iour icy bas,
L'vn & l'autre aymez auec gloire
De l'vne & de l'autre Pallas.
Puis donc &c.

L'vn eſt HENRY, viuant au Monde,
Bien qu'il ait fait ioug à la mort.
L'autre eſt IACQVES, regnant ſur l'onde,

Qui

Qui bruit en la coste du Nort.
Puis donc &c.

Allions, par vn mariage,
Ces deux Fleurs au teint nompareil,
Sur qui rien n'aura l'aduantage
De l'vn iusqu'à l'autre Soleil.
Puis donc &c.

La France a l'vne pour deuise,
Et pour les armes qu'elle a pris:
L'Angleterre, en la mer assise,
A l'autre dans les siennes mis.
Puis donc, &c.

Par telles Fleurs, ou (pour mieux dire)
Par tels beaux ioyaux esclattans,
Nous reuerrons, comme on desire,
Les allegresses du bon temps.
Puis donc &c.

Nous reuerrons dans nos contrées,
Ayant l'Abondanca en la main,
Non pas vne, mais cent Astrées
Flamber d'vn visage serain.
Puis donc, &c.

Les haynes, les vieilles querelles

B

Finiront, s'il en reſte encor':
L'amour & la paix au lieu d'elles
Fleuriront comme en l'Age d'or.
Puis donc &c.

     La terre & l'onde ſeront pleines
De ioye & de felicité:
Les bergers auront dans les plaines
Leur bergerie en ſeureté.
Puis donc, &c.

     Les Nymphes ſous leurs cornemuſes
Et les demy-Dieux ſauteront:
Phœbus au crin d'or, & les Muſes
Dançant les accompagneront.
Puis donc &c.

     Les Dieux ialoux d'vn ſi grand aiſe,
Voudront abandonner les Cieux,
Ne trouuans choſe qui leur plaiſe,
Comme leur plairont nos bas lieux.
Puis donc, &c.

     Qui voyant la France, & l'Eſpagne,
Et l'Angleterre en bon accord,
Si leurs Roys marchent en campagne,
Ne tiendra l'infidelle mort?
Puis donc, &c.

S'ils veulent ioindre leurs bannieres,
(Seulement pour vn tel effect)
Qui deſſous leurs armes guerrieres
Ne verra le Croiſſant deffaict?
Puis donc, &c.

Comme la pierre d'aymant tire
Deuers ſoy le fer ayſement,
Chaque Royaume, & chaque Empire
S'y rangeront facilement.
Puis donc &c.

Mais que le deſſein d'entreprendre
L'vn ſur l'autre n'ayt plus de lieu:
Car les biens pris il les faut rendre,
Si l'on ne veut deſplaire à Dieu.
Puis donc que le temps y diſpoſe,
Marions le Lys à la Roſe.

Que l'on doit bien, ſi l'on ne porte
Vne roche en guiſe d'vn cœur,
Cherir d'vne paſſion forte
L'euennement de ce bon heur.
Puis donc, &c.

Aſſez les flammes de Bellone
Ont eu leur paſſetemps de nous:
Sa main rigoureuſe & felonne

Assez nous a meurtris de coups.
Puis donc &c.

Au lieu du bruit & des allarmes,
Quelle felicité d'oüyr
La musique auec ses doux charmes,
Qui peuuent les Dieux resioüyr!
Puis donc &c.

Au lieu du fer, qui tout d'espece,
Des canons & des pistolets,
Quel plaisir, & quelle allegresse
De voir la dance & les balays!
Puis donc, &c.

Aspirons à ce Mariage,
Enuie de tous les climats:
Desirons son haut equipage,
Orné de voiles & de mas.
Puis donc, &c.

La bouche de la Renommée
A par fois de la verité:
Sa longue trompette animée
En bruit d'vn & d'autre costé.
Puis donc &c.

Le vent d'entre Calais & Douure
(Ou mon iugement est deceu)

Murmure & bruit iufques au Louure
Que defia tel heur eft conceu.
Puis donc, &c.

Parmy telle reiouyffance,
Toute la Cour eft en efbat;
Et n'a plus de reffouuenance
Ny de guerre ny de combat.
Puis donc, &c.

Et Paris(de qui la merueille*
Eft en vogue de toutes parts)
Brusle, & meurt qu'elle n'appareille
Ses riches triomphes efparts.
Et qu'en bref l'on ne fe diffofe
A ioindre le Lys à la Rofe.

Qui nous portera la nouuelle
De cet Hymenée où la Paix,
En nous efuantant de fon aisle,
Rendra nos defirs fans faus,
Et dira que l'on fe diffofe
A ioindre le Lys à la Roze?

Ha! qui fera l'heureux Mercure,
Dont la voix coulante de miel
En fçaura faire l'ouuerture,
Comme vn Ange venu du Ciel;

Et dira que l'on se dispose
A ioindre le Lys à la Rose?

   Quand surgira-t'il dans la riue,
Nous tesmoignant en ces beaux iours
Que dans nostre port il arriue
Au gré du Prince des Amours,
Et que desia l'on se dispose
A ioindre le Lys à la Rose?

   Si l'effroy les ondes menace,
Le peril estant sur la mer,
O Cieux! rendez-y la bonnace,
La faisant pour luy recalmer:
Et puis que le temps y dispose,
Mariez le Lys à la Rose.

   Qu'elle prenne sa robbe verte,
Loing de toutes esmotions:
Et qu'elle ayt son onde couuerte
De Saints Hermes, & d'Alcyons;
Et puisque, &c.

   Que les Tritons, & les Sereines
Par accord y menent le bal,
Resonnans à longues haleines
Dans leurs trompettes de cristal;
Et disent que l'on se dispose

A ioindre le Lys à la Rose.

O Cieux acheuez l'entreprise !
Destins, amys des bonnes loix,
Conduisez à fin l'entremise
De ce bonheur à cette fois :
Et puis que le temps y dispose
Mariez le Lys à la Rose.

Que de là tout mal, d'vne course,
Desmare à force d'auirons.
Que delà tout bien prenne source,
Le vray bien que nous desirons :
Et puis que le temps y dispose,
Mariez le Lys à la Rose.

Afin que l'odeur s'en espande
En tous les coins de l'Vniuers,
Et que la gloire s'en entende
Mille ans par le son de mes vers.
Puis donc que le temps y dispose,
Mariez le Lys à la Rose.

GARNIER.

SVR LE PORTRAICT
de Madame.

SONNET.

Vn œil brun, qui ternit le Flambeau radieux
Qui nous donne le iour, tant il a d'excellence,
Vn front de blanche agathe, où l'Amour a puiſſance
De vaincre en champ d'honneur les hommes & les
Dieux.

Vne treſſe brunette, où les victorieux
Engagent leur franchiſe, & perdent leur vaillance,
Vne bouche d'œillets, où la nature ajance
Mainte perle, charmante le cœur, & les yeux.

Vn teint de Fleurs de Lys, où l'Aurore premiere
En vermillon de roſe eſclatte de lumiere,
Vne oreille, vne iou', vn nez, & deux ſourcis

De beauté nompareille, vne gorge d'yuoire,
Telle eſt, au iugement des hommes plus raſſis,
HENRIETTE DE FRANCE, ornement de
la gloire.

GARNIER.